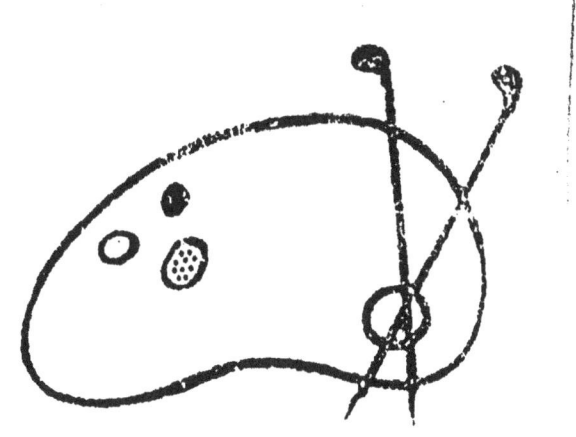

Début d'une série de documents
en couleur

COUVERTURES SUPERIEURE ET INFERIEURE D'IMPRIMEUR.

ÉDITEURS.

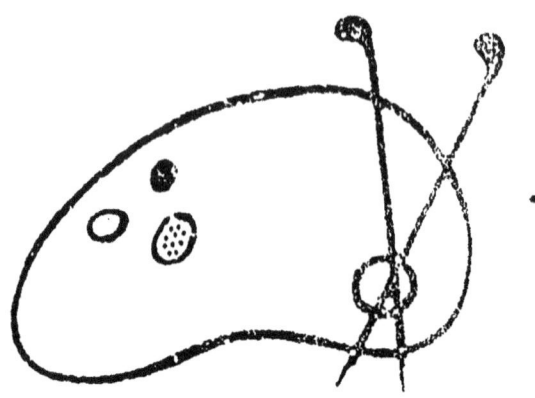

Fin d'une série de documents
en couleur

LES
CHIENS DU SAINT-BERNARD

———

8e SÉRIE IN-32.

LES CHIENS

DU

SAINT - BERNARD

PAR

BÉNÉDICT-HENRY RÉVOIL

LIMOGES

EUGÈNE ARDANT ET Cie, ÉDITEURS

Propriété des Éditeurs.

LES

CHIENS DU SAINT-BERNARD

———

Les ordres monastiques les
plus utiles à l'humanité, et nous
ajouterons à la religion, sont
indubitablement ceux que l'on
désigne sous le nom d'hospita-
liers. Ce sont eux qui ont cons-
truit leurs demeures rigides sur

les cimes des montagnes couvertes de glace et qui offrent le couvert et la nourriture gratuite et obligatoire — pour eux — sans exiger le moindre salaire, en retour des soins généreux qu'ils offrent à ceux que les hasards de voyage ont attirés dans les parages de leurs couvents.

Les religieux les plus connus, parmi tous ceux qui se sont consacrés à la protection des voyageurs, sont ceux du Mont-Saint-Bernard dont l'ordre et la fondation ont eu pour directeur saint Bernard de Menthon.

Les moines — à tout seigneur tout honneur — sont, à peu d'exceptions près, des hommes de haute stature, très solides, très audacieux, qui, — s'ils étaient laïques, auraient déjà mérité de nombreuses médailles d'or pour leurs sauvetages; mais, simple et modeste, ce groupe de gens charitables cache les bonnes actions de la communauté, et c'est toujours par hasard, ou plutôt par l'indiscrétion des personnes arrachées par eux aux dangers de l'avalanche et des chutes dans les précipices, que le public est admis à la connaissance de leurs bienfaits.

Quant aux chiens du couvent du Saint-Bernard, c'est autre chose. Ces bons animaux, dressés par les moines, étaient, dans l'origine, des bêtes énormes à pattes fortes et massives, à la tête énorme, aux babines pendantes, dont la robe offrait aux yeux des teintes ocre plus ou moins foncées et dont le poil était un peu court, quoique très fourni.

Par suite d'une épidémie qui survint vers l'année 1820, cette race disparut. Un seul individu survécut à la mortalité, et les moines du Saint-Bernard durent reconstituer une race par des croisements avec les chiens de Leonberg, race analogue à celle des Pyrénées.

En somme, cette noblesse de la race canine remonte à huit ou neuf cents ans.

L'ancien chien du Saint-Bernard était, dit-on, né du chien de berger et de la famille du mâtin, heureuse alliance cedans l'espèce, car elle avait uni à l'intelligence la force; union précieuse et féconde en mérites, car, l'éducation aidant, il en était sorti une vocation étrange, une faculté singulière, une aptitude humanitaire devant laquelle l'esprit reste confondu, et cette faculté était tellement incrustée dans l'organisme, qu'elle a passé tout entière dans le sang de la nouvelle famille formée avec le sang des leonbergs.

Le chien philanthrope du Saint-Bernard est grand, fortement charpenté, admirablement doué : c'est une spécialité merveilleuse qui consiste à aller à la recherche des voyageurs égarés ou des touristes surpris par la tourmente, ensevelis sous les amas de neige.

L'histoire des services rendus à l'homme par les chiens de l'abbaye du Mont-Saint-Bernard est universellement connue. Tout le monde rend hommage à la loyauté, au zèle ardent et patient, à la douceur incomparable qu'ils déploient dans la difficile mission qui leur est dévolue par la charité; et, pour donner une idée de leur utilité effective, disons que les frères du Mont-Saint-Bernard ne reçoivent pas moins de vingt à vingt-cinq mille personnes chaque année. Dans ce nombre de voyageurs, combien auraient été empêchés, à leur détriment, sans la certitude d'une hospitalité attentive et ingénieuse et, parmi les autres, combien auraient péri, sans les secours intelligents et dévoués, préventifs ou opportuns, apportés par les moines ou par la race de chiens élevés par eux ! Ils se présentent sous une physionomie calme et placide ; leur regard est bon, bienveillant, attirant, si l'on veut bien nous

permettre ce mot. Ils ont l'oreille pendante, la queue longue et
bien fournie.

C'est pendant l'un des hivers
les plus rigoureux, sur un des
points les plus élevés du passage,
à plus de deux mille mètres au
dessus de la mer. Autour d'eux
il n'y a que des monticules de
neige et le ciel est sombre. Toute
trace de route a complètement
disparu.

Malgré cela, plusieurs ont été
forcés de partir; ils gravissent
péniblement et lentement les dé-
clivités de la montagne, ils

vont à la grâce de Dieu, alourdis par la fatigue, engourdis par le froid, tâtonnant, hésitant, et commençant à désespérer. Les uns sont aperçus par les frères, hélés à temps, opportunément secourus et conduits sans autre accident à l'abbaye. Ce sont les privilégiés, ceux à qui la fortune a souri, ceux que la Providence a manifestement protégés, ou ceux qui ont de la corde de pendu dans leur vêtement.

D'autres voyageurs, moins heureux, ont été violemment renversés dans un abîme, où, épuisés, la voix éteinte, ils se sont affaissés sur eux-mêmes, à la suite d'une lutte inégale, mais courageuse, contre les éléments déchaînés. Ceux-ci et ceux-là sont dans une situation des plus critiques; il ne faut rien moins qu'un miracle pour les rendre à ce monde auquel ils appartiennent, à leur famille à laquelle ils donnent, *in extremis*, leur dernière pensée, leurs plus poignants souvenirs.

L'avalanche les a recouverts, le froid les a saisis, la vie leur échappe. Les bons moines en peine se sont mis en route. Ils ne voient personne, quoiqu'ils regardent de tous les côtés; ils n'entendent aucune voix, tout en écoutant les oreilles grandes ouvertes.

Mais leurs courageux, leurs infatigables auxiliaires que rien ne rebute, s'écartent, vont et viennent, flairant, cherchant aussi, sans trêve, sans repos, illuminés par l'intelligence, mu, par l'amour du bien, conscients allant, allant toujours, dans l'espoir que leur pénible labeur aura sa récompense.

Ils ne se sont pas trompés ; ils ont découvert une victime, et vous les voyez occupés l'un et l'autre, car ils sont deux que leur intelligence a portés presque au même moment vers le même point.

Il y avait là un homme terrassé par l'avalanche ; ils l'ont senti, ils ont dégagé la figure et le cou ; ils continuent l'œuvre d'une patte et se sont partagé le reste, car le sauvetage est à peine commencé. Il faut faire cesser la syncope, ce commencement d'asphyxie qui a enlevé toute connaissance, tout sentiment à ce malheureux.

L'un des chiens, de sa chaude haleine, cherche à rappeler la circulation dans l'un des membres, l'autre donne de la voix et informe ceux qui pourraient être à portée que leur venue serait certainement opportune et utile.

La précaution a bien son prix, car on aperçoit bientôt plusieurs frères se dirigeant vers un point dont ils s'éloignaient indubitablement, sans avoir soupçonné la présence d'un malheureux demandant du secours.

Et puis, voyez l'attention!
l'une des bêtes porte à son cou,
tantôt dans un petit baril, tantôt
dans une gourde, un précieux
cordial à l'usage du voyageur
dont il faut raminer les esprits;
l'autre est enveloppé d'un man-
teau qui sollicite l'intelligence
du ressuscité.

Tout le monde connaît l'histoire de ces enfants trouvés sous
la neige, miraculeusement rap-
pelés à la vie par un de ces
chiens bénis, et rapportés à
l'abbaye après qu'il leur eut fait
comprendre, par les plus tendres

caresses, et après les avoir invi-
tés par des manières douces et
engageantes, par des regards
doux et attractifs, en s'aplatis-
sant pour se mettre à leur
portée, qu'ils avaient le droit,
ces pauvres petits, de l'enfour-
cher et de se tenir tant bien que
mal sur son dos, jusqu'à ce qu'ils
eussent pu être deposés en lieu
sûr.

De tels chiens sont très précieux, et leur intelligence ou-
verte les place au rang des pre-
miers auxiliaires de l'homme.

Nous avons toujours regretté

de ne pas voir ces beaux chiens exhibés dans nos grandes expositions de races canines. Mais on nous a expliqué à ce sujet que la famille en est peu nombreuse, que ceux qui l'entretiennent songent plus au bien qu'elle est appelée à faire, qu'à l'obtention de médailles promises. Et d'ailleurs, que feraient-ils de ces récompenses? Ne sont-ils pas voués à la modestie et à la simplicité?

Les amateurs qui possèdent des chiens du Mont-Saint-Bernard s'attachent peu à maintenir homogènes des animaux dont la conservation, à l'état de pureté de la race offre toutes sortes de difficultés. Le choix devint impossible lorsque ces animaux sont aussi rares et autant disséminés.

Nous ajouterons à cette monographie des chiens du Saint-Bernard quelques traits qui donnent du piquant à cet article.

Un des animaux du couvent faisant sa ronde, selon sa coutume, rencontra un petit garçon de six ans dont la mère était tombée au fond d'une gorge sans qu'il fût possible de la retrouver. Surpris par la vivacité du froid, épuisé de faim, de douleur et de fatigue, cet innocent était couché, sans force, au milieu du chemin et s'y lamentait. Le chien accourut vers lui, et, soulevant sa tête, lui montra le barillet plein de la liqueur bienfaisante qu'il portait pour le service des voyageurs. L'enfant, qui ne comprenait rien à la nature de cette offre, tressaillit de peur et voulut s'enfuir. L'animal, afin de l'enhardir, leva doucement la patte qu'il posa bien plus douce-

ment encore sur les petit pieds
du voyageur orphelin, dont il lé-
chait en même temps les mains
engourdies par l'acuité du froid.

Rassuré par ces démonstra-
tions amicales et pacifiques,
l'enfant fit un effort pour se re-
lever, mais ses jambes, ses bras,
tout son corps, étaient glacés à
ce point qu'il lui était impossible
de marcher. Compatissant à la
faiblesse du petit, le chien s'ap-
procha bien près de lui et, par
un signe expressif, il lui fit en-
tendre de se hisser sur son dos.
L'enfant s'y plaça, en effet, le

mieux qu'il lui fût possible et s'y tint couché en deux.

L'animal bienfaisant le porta ainsi avec grande précaution jusqu'à l'hospice, où l'on ne manqua pas de lui prodiguer tout ce qui lui était nécessaire pour le réchauffer.

Ce trait produisit une vive sensation dans tous les cantons du voisinage du Saint-Bernard : un riche propriétaire se chargea du sort du petit orphelin et fit peindre cette touchante aventure par un habile artiste de Berne. On voit ce tableau dans le cou-

vent où le chien hospitalier fai-
sait autrefois son service.

Voici maintenant l'histoire du
chevalier Gaspard Brandenberg
qui, traversant à pied les routes
du Mont-Saint-Bernard, fut tout
à coup entouré par une trombe
de neige terrifiante.

Au moment où il avait quitté
les villages de la frontière d'Ita-
lie, une avalanche se détacha
de l'un des côtés de la montagne
et le recouvrit, lui et le domes-
tique qui l'accompagnait. Le
chien qui les suivait, et qui avait
échappé aux atteintes de la mas-

se de neige, ne voulut pas quitter l'endroit où son maître était enseveli.

Par bonheur, l'endroit n'était pas tout à fait éloigné du couvent du Mont-Saint-Bernard. Le fidèle animal gratta la neige et hurla très longtemps de toutes ses forces: il courut au couvent à plusieurs reprises et revint autant de fois sur ses pas.

Tout aussitôt les bons moines donnèrent la liberté à deux chiens du Mont-Saint-Bernard, qui s'élancèrent sur les traces de leur camarade, et celui-ci les mena directement à l'endroit où il avait gratté la neige.

Tout le monde se mit à l'œuvre, hommes et chiens, et enfin, après deux heures de recherches, on découvrit les deux malheureux qui, quoique à moitié gelés, n'en étaient pas moins encore en vie. Grâce aux soins rapides qui leur furent prodigués, ils se trouvèrent bientôt remis de leur émotion et prêts à continuer leur route.

Le chevalier Gaspard de Brandenberg, très reconnaissant de la fidélité de son chien, ordonna que, quand il mourrait, on lui élevât un mausolée. Le bon animal devait être représenté couché à ses pieds, et l'on tracerait sur une plaque de marbre du tombeau l'histoire relative au sauvetage auquel la bête fidèle avait concouru.

On voit à Zug, dans l'église de Saint-Oswald, le tombeau du chevalier et le portrait de son chien Thor, qui, s'il faut en croire le statuaire, était un superbe danois.

UN ROI

DE L'EXTRÊME ORIENT

Ce qui suit est le récit d'un Anglais nouvellement arrivé de l'Inde, où il a été témoin d'un fait tellement excentrique que nous l'avons spécialement réservé pour nos lecteurs.

(30)

« J'avais été présenté au ministre relevant de la çourde... qui me demanda si je voulais faire connaissance avec le roi du pays.

« — C'est un original, me dit-il : quoi qu'il appartienne à la religion de Mahomet et qu'il lui soit défendu de s'enivrer et de faire ceci ou cela, ce bon souverain n'en vit pas moins à sa guise, et après s'être livré à des folies qui n'ont pas de nom, on le voit souvent vider une, deux, trois, souvent quatre bouteilles de Moët et Chaudon, et se griser

comme... un figurant de *l'Assom-
moir*. Tout porte à croire que
d'ici à peu de temps, ce roitelet
mourra d'une attaque de *deli-
rium tremens*.

« — Mais, objectai-je, n'a-t-on
rien fait pour empêcher cet homme de se livrer à la boisson ?

« — Tous les moyens possi-
bles ont été tentés, mais Abb-
dallah est incorrigible. Le pire
est que, quand il est ivre, notre
homme devient méchant. On a
bien la précaution de lui faire
déposer avant qu'il ait bu, toutes les armes qu'il a sur lui. Mais

cela ne suffit pas. Il se rue souvent sur ceux qui l'entourent, et
à coups de yatagan et de kric
parvient à tuer ceux qui se trou-
vent à sa portée. C'est ainsi que
l'autre semaine, sans rime, ni
raison, il a tranché la tête à son
premier ministre, qui voulait
l'empêcher de tomber à bras rac-
courci sur un esclave, lequel
avait versé une goutte de vin
sur la main de son maître iras-
cible.

« — Mais, c'est un homme
très dangereux : un fou qu'il fau-
dra mettre aux petites maisons

dans le sombre *asylum* de Calcutta.

« — Notre gouvernement y songe, mais cela n'est pas facile, la brute se tient sur ses gardes. Après tout ce que je vous ai dit, voulez-vous toujours que je vous présente à lui.

« — Parbleu ! plus que jamais ! Cette créature anormale m'étonne, je veux étudier son caractère.

« Le lendemain du jour où cette conversation avait eu lieu, j'accompagnai notre ministre à la cour du souverain de... et, suivant les usages, je m'inclinai

Jusqu'à terre et ne me relevai
que lorsque ce monarque m'ap-
pela par mon nom.

« Je relevai la tête et vis devant moi un homme jeune encore
ayant les yeux enfoncés, bistrés,
signes d'une vie de désordre.

« Son costume richissime,
couvert de diamants et de pier-
reries précieuses, était étince-
lant. Son visage était assez laid
et il était fort maigre. Il causa
en anglais avec moi et me demanda si je voulais entrer à son
service.

« Après tout ce que m'avait

raconté son ministre, pareille idée ne m'était pas venue. Je dis cependant au roi que cela dépendrait des fonctions qu'il voudrait m'offrir.

« — Logez de suite dans mon château, si vous le voulez bien, répondit-il, je vous donnerai 8000 mohurs d'or par an.

« — J'accepte, répondis-je au monarque.

« En parlant ainsi, je pensais que je pourrais peut-être rendre service à ce malheureux et en même temps au gouvernement anglais qui voyait d'un mauvais œ l les désordres de la cour de...

« J'entrai le jour même en fonctions; sur l'ordre de *mon* souverain, on m'installa dans le palais de mon prédécesseur, qui était mort d'une pleurésie, et dès le lendemain le roi de... m'envoyait des ordres pour organiser une battue au tigre dans les jungles.

« J'avais déjà chassé ce terrible carnassier et je pus me tirer avec honneur de cette expédition cynégétique dans les environs d'un bois, retraite ordinaire des tigres du pays. Le soir de cette chasse, nous rentrions à la ville de... avec quatre tigres mâles et une femelle.

« Le jour suivant, on me prévint que le roi recevait ses parents et ses amis à sa table et resterait enfermé dans son palais n'admettant auprès de sa personne que deux de ses ministres et quelques esclaves pour le servir.

« Je m'étais retiré dans mon appartement situé dans l'une des ailes du palais, attendant que la journée fût écoulée pour pouvoir aller me promener hors de la ville, lorsque tout à coup mon oreille fut frappée par une bruyante détonation accompagnée d'une seconde. Je mis aussitôt le nez à la fenêtre et je vis un spectacle que je n'oublierai jamais.

« Dans la cour intérieure du palais royal, couraient çà et là des femmes, des enfants, des viellards, des jeunes hommes, tous parents du roi, qui sans aucune cause étaient devenus le point de mire de leur chef de famille, lequel tirait sur eux

à balles, avec un fusil Reming-
ton.

« Debout près d'un balcon où
se trouvaient à ses côtés ses
deux ministres et les esclaves
porteurs de balais de crin pour
chasser les mouches, le roi, ivre,
buvant toujours de l'eau-de-vie
mêlée à du champagne pour en
augmenter la force, chargeait
son fusil, tirait dans la cour,
avalait une coupe de vin alcoo-
lisé et recommençait ce jeu sans
écouter les plaintes et les do-
léances des survivants éperdus,

suppliants, ne comprenant rien à une pareille réception.

« — Qu'ils meurent! qu'ils disparaissent ces cupides héritiers de mon trône et de ma fortune! s'écriait le fou de plus en plus furieux.

« Et les coups de feu retentissaient de plus belle, et les victimes tombaient lourdement sur le sol.

« Enfin sur vingt-trois personnes vivantes le matin, qui étaient venues comme invitées à une fête, il ne restait plus qu'un jeune homme que j'appris depuis être le frère du roi.

« Celui-ci était un Apollon pour la forme, un Adonis pour la beauté du visage. Des cheveux d'un noir d'ébène, des yeux brillants comme des escarboucles, un port sans pareil, une élégance exquise, tel était l'aspect du dernier survivant de la famille.

« — Fais-moi grâce de la vie, dit-il à son frère, et je partirai demain pour la France, à bord d'un navire où j'ai des amis.

« — J'accepte, répliqua le

souverain, mais à une condi-
tion, c'est que tu vas prendre
cette arme et que tu atteindras
au vol une pièce d'or que je
jetterai en l'air.

« — Soit !

« — Mais, je te préviens
que si tu manques le but, je te
ferai trancher la tête.

« — C'est convenu.

« — Tiens ! voilà mon reming-
ton. Y es-tu? Attention.

« Le roi jeta en effet une pièce
d'or, mais, au même instant, il
tomba mortellement atteint en
pleine poitrine.

« Son frère, au lieu de viser la pièce de monnaie, avait retourné son arme contre le bourreau de tous les siens.

« — Tu ne feras plus de mal à personne, lâche et méchant chien, dit-il à celui qui était le fils du même père que lui.

« Les ministres et les esclaves se prosternèrent à genoux en demandant grâce au nouveau monarque. Quant à moi je me présentai le lendemain à la réception du nouvel élu pour... prendre congé de lui.

« Je m'étais dit que malgré

les apparences, celui-ci pourrait dans un jour donné, devenir aussi cruel que l'avait été son frère et tirer aussi sur ses fonctionnaires ; et, comme le bon La Fontaine, j'ajoutais *in petto* :

Adieu donc, fi du plaisir
Que la crainte peut corrompre ! »

LE
CIMETIÈRE DU SERAJEWO

Rien ne ressemble moins à un cimetière européen qu'une nécropole turque. Si dans les contrées civilisées l'asile ultime des morts est entouré de murailles, divisé en quartiers tous séparés les uns des autres par des allées portant chacune un nom qui les désigne aux parents et aux amis en quête d'une tombe où ils vont prier et pleurer ceux qui ne sont plus, par contre, le cimetière musulman est ouvert à tous les passants et exposé aux déprédations des hommes, des chacals et des hyènes.

Çà et là s'élèvent des mausolées d'architecture uniforme, quatre piliers soutenant un toit surmonté d'une coupole... La maçonnerie est retenue par quatre barres de fer et une quadruple barrière de bois est posée entre les ogives.

pour empêcher qu'on ne s'intro-
duise sur ces dalles sous lesquel-
les repose le cadavre enseveli.

Jusque-là tout est bien. Ces
cénotaphes réguliers sont ceux
des gens riches, tandis que le
commun des martyrs se contente
d'un trou dans la terre, d'une
pierre tumulaire et d'un cippe,
au sommet duquel est sculpté
un turban ou un fez.

Mais ce qui n'est plus aussi
compréhensible, c'est l'abandon
dans lequel les malheureux lais-
sent leurs parents et amis, quand
ils leur ont rendu les derniers

devoirs. Il suffit de pénétrer dans un cimetière turc pour être convaincu de la vérité de notre assertion. Par une cause ou par une autre ces cippes, autrefois plantés au dessus de la tombe d'une personne enterrée, sont rejetés à droite, à gauche, en arrière, en avant, souvent même déracinés et couchés sur le sol, au milieu des herbes incultes. C'est le chaos, c'est l'abandon le plus complet.

On dirait autant de *menhirs* sur une côte de la lande bretonne. Une pierre s'accote sur une autre, un turban de granit ou de marbre gît brisé sur le sol. Cet effrondement général rappelle la mort et la poétise en quelque sorte, car elle rappelle aux passants que tout est poussière et que tout retourne en poussière.

Le cimetière de Serajewo est situé sur le sommet d'une colline, à un kilomètre de la côte. Ça et là, dans les déchirures de la roche, ont été creusées les sépultures des morts, dans les pierres, dans la terre, dans les fissures de la montagne; on a rapporté, au fur et à mesure des inhumations, de

la terre pour en couvrir les cer-
ceuils, mais la pluie et les ora-
ges ont arraché peu à peu les
palissades, tandis que le vent
emportait les piquets retenant
les cippes et formant coin dans
le granit, si bien que tout est
sens dessus dessous, dispersé,
bouleversé, déplacé. C'est à peine si cette nécropole date de cent
ans, et on croirait que trois ou
quatre siècles, si ce n'est davan-
tage, ont passé par là.

L'herbe, les ronces, ont envahi
le terrain, et servent de refuge
aux chacals, qui cherchent tou-

jours un lambeau de chair pour-
rie à dévorer. C'est à peine si
une vingtaine de sépultures, ou
à peu près, sont encore debout
dans toute la nécropole de Serajewo. Naturellement ce sont les
plus nouvelles. Mais encore quelques années, et elles auront as-
sumé l'aspect de leurs devanciè-
res.

CHEZ LES MONTÉNÉGRINS

Le pays de Monténégro est celui des braves. Cette nation de montagnards habite une contrée entourée de hautes montagnes et presque inaccessible à tout ennemi qui tenterait de s'en emparer.

(53)

Aussi les Turcs n'y ont-ils jamais exercé qu'une domination purement nominale. Ils se sont toujours contentés d'un léger tribut, laissant l'admiration et le gouvernement au *vladika*, autrement, dit l'archevêque de Monténégro, qui, comme coréligionnaire du tzar de Russie, est placé sous la protection du souverain autocrate. Du reste l'autorité du vladik est elle-même fort peu énergique: elle tempère celle du prince souverain du pays et les Monténégrins conservent, bon gré mal gré, la plupart de leurs traditions.

Au nombre de celle-ci, il faut placer la justice de famille, dont l'exercice a résisté à tous les projets de réforme.

Dans un événement récent, cette juridiction est intervenue avec toute l'énergie de ses formes sanguinaires et sauvages.

Depuis 1875, un riche négociant moscovite, nommé André Sakaroff, était venu s'établir à Belgrade dans une élégante habitation voisine du château princier, près de l'Arsenal. Ce négociant, dont la fortune s'élevait à plus de quatre millions de roubles, avait

deux fils au service de la Russie :
l'aîné, Nicolas, parvenu déjà au
grade de capitaine dans le régiment des hussards de Soumsre,
le cadet, Paul, simple lieutenant
au régiment des lanciers de Volhy-
nie. Les deux jeunes officiers
étaient venus passer quelques mois
chez leur père, et ils ne tardèrent
pas à se lier d'amitié avec un des
jeunes gens les plus distingués de
la ville, Milan Douckowitch, fils
d'un boyard monténégrin et père
de cinq enfants quatre garçons et
une fille. Milan, reçu dans la
famille du père des deux Moscovi-

les, voulut à son tour les inviter à
venir chez son père : il les convia
à la résidence de celui-ci en leur
promettant des plaisirs de chasse
qui leur étaient inconnus.

Les trois amis se mirent en
route, et ils arrivèrent enfin au
séjour des Douckowith ou on les
accueillit avec la plus grande
cordialité. La fille de la maison,
Pétrowna, avait avec elle une de
ses amies et les deux jeunes Russes
furent bientôt épris des charmes
de ces deux demoiselles, à qui ils
firent la cour sans dépasser autrement les bornes de la politesse.

Une après-midi, en rentrant au
salon du château de Douckowitch,
Nicolas et Paul y trouvèrent les
deux jeunes personnes et s'assi-
rent près d'elles, pour causer et
passer le temps. Ils n'étaient pas
installés depuis plus d'une demi-
heure que Milan entra dans l'appartement. A la vue des quatre
personnes ainsi réunies, il se mit
dans une violente colère et tira à
moitié son poignard de sa gaine ;
Pétrowna et son amie s'étaient
enfuies.

Milan alla trouver son père et
ses trois frères et leur raconta

qu'il venait de surprendre les deux étrangers en tête-à-tête avec Pétrowna et sa camarade de pension.

Suivant un usage du Monténégro, tout homme qui a eu une entrevue seul à seul avec une jeune fille est fiancé avec elle; donc Nicolas et Paul devaient épouser ou subir les conséquences d'un refus.

Les Sakaroff furent interrogés par Milan et, se croyant ainsi mis en demeure de contracter un mariage, s'y refusèrent carrément, ne se croyant pas engagés par quelques propos de pure convenance échangés avec de jeunes filles, comme ils auraient pu le faire à Saint-Pétersbourg ou à Moscou.

Milan les avertit qu'il y avait danger à dire non, mais Nicolas et Paul persistèrent dans leur détermination.

Le vieux Monténégrin et ses quatre fils, réunis dans une cabane de garde, prenaient le soir même la résolution de massacrer leurs hôtes, au moment où ils se trouveraient hors du château, c'est-à-dire hors de leur hospitalité.

Nicolas et Paul prirent froidement congé de leurs hôtes, et quand ils furent sortis de l'enceinte du château hâtèrent le pas de leur monture.

Hélas ! ces malheureux ne devaient pas revoir leur père !

On retrouva leurs cadavres sur la route ; chacun avait eu le cœur percé par un coup de poignard.

Un bâton planté à côté des deux morts portait ces mots tracés sur un carton et fichés dans le bois fendu.

« Morts pour avoir trahi l'hospitalité. »

Ce qui prouve qu'il ne fait pas bon causer seul à seul avec une Monténégrine.

Avis aux voyageurs.

————

TABLE

—

FIN DE LA TABLE.

LIMOGES. — Imp. E. Ardant et Cⁱᵉ.

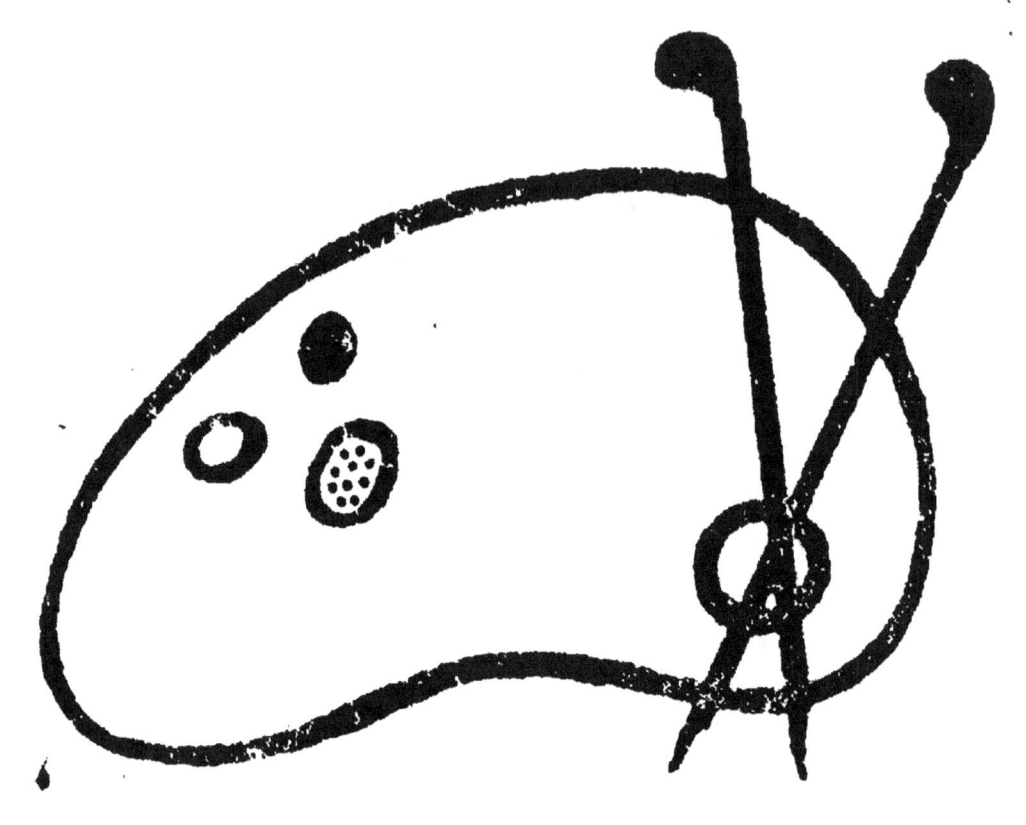

EUGÈNE ARDANT

LIMOG

www.ingramcontent.com/pod-product-compliance
Lightning Source LLC
Chambersburg PA
CBHW060807180626
46818CB00002B/737